비가, 디르사에게

이정환 시집

책 만 드 는 집
시인선 005

悲歌,
디르사에게

책만드는집

그 모든 것의 모든 것을 넘어 빛부신 노래여.

디르사,
나의 디르사여.

─2011년 여름

이정환

| 차례 |

시를 향한 사랑의 노래

—이정환 시인의 『비가, 디르사에게』에 부쳐

장경렬 **서울대 영문과 교수**

1

최인훈의 소설 『광장』에는 다음과 같은 구절이 나온다.

"친구들이 소탈한 체하고 털어놓는 연애 얘기를, 곧이곧
대로 받아들이지 말게. 정말 소중한 얘기는 그렇게 아무한테
나 쏟아놓지 않는 법이야. 설사 하더라도 에누리를 두는 법
이지. 자네와 나하고의 우정하곤 다른 얘기야. 그런 고백을
한다는 건, 저쪽에 대한 모욕이지. 상대가 그보다 못한 애정
생활의 내력밖에 못 가졌다면, 그는 은근히 자기 생애가 초
라한 생각이 들 것이며, 그 반대의 경우에는 지루해할 것이
아닌가. 어느 쪽이든 똑똑한 일이 아니야."

이는 고고학자이자 여행가인 정 선생이라는 사람이 소설의 주인공 이명준에게 하는 말이다. 당사자에게는 '정말 소중한 얘기'인 '연애 얘기'는 함부로 털어놓을 성질의 것이 아니라는 조언과 함께 정 선생이 말하는 그 이유가 참으로 재치 있지 않은가. "상대가 그보다 못한 애정 생활의 내력밖에 못 가졌다면, 그는 은근히 자기 생애가 초라한 생각이 들 것이며, 그 반대의 경우에는 지루해할 것"이라니!

시인이 시를 통해 사랑을 노래할 때 겪는 어려움도 이와 유사한 것일까. 다시 말해, 그의 사랑 이야기가 멋지다면 사람들의 부러움을 살 것이고 그렇지 못하다면 사람들을 따분하게 할 것이기에, 시인 역시 사랑 이야기를 자제해야만 할까. 물론 시인의 사랑 이야기도 부러움을 사는 것이 될 수도 있고 따분한 것이 될 수도 있지만, 시인이란 그가 마음속에 담고 있는 사랑 이야기를 시화詩化할 의무를 지닌 자라 할 수 있다. 그의 이야기가 멋지면 멋질수록 더욱 그렇다. 그런 의미에서 볼 때, 사랑 이야기를 하는 시인이 감수해야 할 어려움은 전혀 다른 곳에서 찾아야 할 것이다. 무엇보다도 그는 아무리 자신의 사랑 이야기에 심취해 있더라도 "소탈한 체하고" 이를 털어놓아서는 안 될 것이다. 심취해 있으면 있을수록 그에게 요구되는 것은 절제의 마음이다. 아니, 자신의 열정을 있는 그대로 전하고자 하는 욕망에서 벗어나야 한다. 아무리 열정적으로 사랑을 노래하고자 하더라도 그가 잊지 말아야 할 것이 있다면, 이는 릴케가 『오르페우스에의 소네트』에서 말했듯 노래는 "욕망"이 아니라 "아무것도 바라지 않는 [신의] 숨결"과 같은 것이어야 한다는 점이다. 또는 절제 없이 열정에 들떠 하는 "갑작스런 노래"는 곧 "소진하고 말 것"이라는 점을 잊지 말아야 한다. 최인훈이 "설사 하더라도 에누리를 두는 법"이라 했을 때, 이 말은 바로 이런 맥락에서 이해할 수도 있을 것이다.

따라서 모든 노래가 그러하듯 시인에게 사랑의 노래 역시 쉽지 않다. 아니, 사랑의 노래만큼이나 어려운 것이 없으니, 사랑의 노래는 자칫하면 시인을 열광과 흥분으로 내몰기 쉽기 때문이다. 열광과 흥분의 마음에서 터져 나오는 "갑작스런 [사랑의] 노래"는 읽는 이의 마음에 도달하기 전에 이미 소진하고 말 것이기 때문이다.

이상의 관점에서 볼 때, 이정환 시인의 사랑 이야기를 담고 있는 『비가, 디르사에게』가 갖는 의미는 각별하다. 그는 자신의 사랑 이야기가 "갑작스런 노래"가 되지 않도록 하기 위해 여러 면에서 세심한 주의를 기울이고 있거니와, 무엇보다도 그의 사랑 이야기를 시조 형식에 담고 있다는 점을 주목할 수 있다. 그것도 단시조 형식에 담고 있는데, 간명하고 절제된 노래를 가능케 하는 형식적 장치가 바로 단시조 형식

임에 이의를 달 사람은 없을 것이다. 둘째, 시집 제목이 암시하듯 이정환 시인은 이 시집에서 인유법引喩法에 의지하고 있음에 유의해야 할 것이다. 즉, 자신이 사랑하는 대상을 지시하기 위해 시인은 성경에 등장하는 표현인 '디르사'를 동원하고 있는데, 이는 일종의 안전판 또는 제어장치의 역할을 한다고 볼 수도 있다. 안전판 또는 제어장치의 역할을 하다니? 인유로서의 '디르사'는 시인이 사랑하는 대상이 그에게 어떤 의미를 갖는 존재인지를 안전하게 지시해준다는 뜻에서 안전판일 수 있는 동시에, 자칫 흐트러지기 쉬운 시인의 감정을 일정한 방향으로 이끌어가는 역할을 한다는 점에서 제어장치일 수 있다.

시적 장치로서의 인유가 갖는 이 같은 역할을 감안할 때 이정환의 이번 시집에 대한 독해에 앞서 우리에게 무엇보다도 요구되는 것은 '디르사'가 구체적으로 누구인가에 대한 이해일 것이다. '디르사Tirzah'는 히브리어로 '그녀는 나의 기쁨'이라는 뜻을 갖는 단어로, 구약성서의 민수기 26장 33절에 의하면 "헤벨의 아들 슬로브핫"의 다섯 딸 가운데 하나의 이름이다. 민수기 27장 1~11절에 따르면, 슬로브핫의 다섯 딸은 그들의 아버지가 세상을 뜨자 모세에게 가서 상속권을 그들에게 줄 것을 호소한다. 모세가 여호와에게 이 문제를 아뢰자 여호와는 딸들에게 상속권을 허락한다. 슬로브핫의 딸로서의 디르사에 대한 성경 속의 언급은 이것이 전부다. 하지만 '디르사'라는 이름은 문학작품 속에 계속 등장하는데, 아마도 가장 대표적인 것이 루 월리스Lew Wallace의 소설 『벤허-예수님에 관한 한 이야기』에 나오는 것이리라. 영화로도 널리 알려진 『벤허』의 주인공 주다 벤허의 여동생 이름이 디르사다. 소설과 영화에 따르면 디르사는 문둥병에 걸렸다가 예수의 은총을 받아 기적적으로 치유된다.

이상의 설명만으로는 왜 시인이 '디르사'라는 이름을 동원했는지의 이유가 확연하게 짚이지 않는다. 그리하여 우리가 참조하지 않을 수 없는 것이 구약성서에 나오는 솔로몬의 「아가」인데, 이와 관련하여 우리는 이정환 시인 자신이 시집의 '후기'에서 "솔로몬의 「아가」에서 마침내 디르사〔를〕 찾았다"라고 말한 적도 있음을 상기해야 할 것이다. 아무튼, 「아가」에는 '디르사'라는 표현이 딱 한 번 등장한다. "나의 사랑 그대는 디르사처럼 어여쁘고, 예루살렘처럼 곱고, 깃발을 앞세운 군대처럼 장엄하구나"(아가, 6장 4절). 솔로몬의 사랑 노래를 담고 있는 「아가」에 나오는 이 구절의 디르사는 예루살렘이 그러하듯 통일 왕국 시대의 지리적 공간(예루살렘과 갈릴리 호수의 중간 지점에 있는 오늘날의 '텔 엘 파라')의 이름이다. 솔로몬은 자신이 사랑하는 대상-「아가」 6장 13절에 따르면, '술람미 여인'-을 지명을 동원하여 묘사하고 있는 것이다. 결국 『비가, 디르사에게』에 등장하는 '디르사'는 더할 수 없이 '어여쁜 여인'을 지시하기 위한 비유적 표현이라 할 수 있고, 이로 인해 이번 시집을 읽는 데 무엇보다 중요한 단서를 제공하는 것이 솔로몬의 「아가」라는 추론도 가능해진다.

널리 알려져 있듯, 솔로몬의 「아가」는 한 남자가 한 여인에게 바치는 사랑 노래의 형식으로 되어 있다. 구애에서 시작하여 둘 사이의 합일을 노래하고 있는 「아가」에는 놀랍게도 종교적 내용이 명시적으로 담겨 있지는 않다. 하지만 이에 대한 우의적寓意的, allegorical인 해석이 가능한데, 남편과 아내 사이로서의 신과 인간의 관계를 유추해낼 수 있다는 점에서 그러하다. 그렇다면, 『비가, 디르사에게』에 대해서도 이같은 우의적인 읽기가 가능할까. 이정환 시인이 독실한 기독교 신자라는 점에서 볼 때 물론 가능할 수도 있겠다. 하지만 왜 '슬픔'을 연상케 하는 '비가悲歌'인가. 이 물음과 관련하여 우리는 「아가」를 지배하는 분위기는 '기쁨'이지 '슬픔'이 아니라는 점에 주목하지 않을 수 없다. 하지만 이 물음에 대한 실질적인 답변을 얻기 위해 우리가 무엇보다도 해야 할 일은 당연히 작품 자체에 대한 독해일 것이다. 이제 『비가, 디르사에게』에 등장하는 몇몇 주목할 만한 작품을 함께 읽기로 하자.

2

『비가, 디르사에게』는 단시조 형식으로 된 76편의 연작시로 구성되어 있는데, 그 가운데 우리가 우선 주목해야 할 작품은 제1번 시일 것이다. 이 작품에서 우리는 '나'와 '디르사' 사이의 관계가 어떤 것인지를 일별一瞥할 수 있다.

한 점 별빛으로 당신 눈 안에 들어가서
한 점 꽃잎으로 당신 눈 속에 피어나서

그 어떤
손길로도 이제
짓이기지 못합니다

시조의 초장과 중장에 해당하는 이 시의 제1연과 종장에 해당하는 제2연 사이에는 과거와 현재라는 시간 차가 존재한다. 과거의 어느 순간에 '나'는 "한 점 별빛" 또는 "한 점 꽃잎"이 되어 '당신'의 눈을 자극한다. 이 말이 암시하듯, 일차적으로 '나'는 수동적 존재로, 능동적 존재인 '당신'이 수행하는 감각 작용의 피사체로 존재한다. 다시 말해, '나'는 '보여지는 자'이고 '당신'은 '보는 자'다. 하지만 '나'는 단순한 수동적 존재라고 할 수만은 없는데, 이를 암시하는 언사가 '들어가다'와 '피어나다'일 것이다. 이들 언사가 암시하듯, '나'는 '당신'의 눈에 비친 단순한 피사체에 머무는 것이 아니라 '당신'의 "눈 안"에서 무언가 변모의 과정을 이끌어간다는 점에서 또한 능동적 존재이기도 하다. 한편, '당신'은 '나'를 보는 주체라는 점에서는 능동적 존재이지만, '나'가 '당신'의 "눈 안"에서 이끌어가는 변모의 과정을 있는 그대로 수용한다는 점에서 수동적 존재이기도 하다. 이처럼 '나'와 '당신'은 모두 수동적 존재인 동시에 능동적 존재다. 의미 있는 대상과의 관계—무엇보다도 사랑하는 대상과의 관계—는 이처럼 양자 모두가 수동적 존재인 동시에 능동적 존재일 때 가능한 것이다. 바로 이런 의미에서 볼 때, 이 시의 제1연은 함축적이고 간명한 표현으로 이루어져 있음에도 불구하고 의미하는 바는 결코 단순한 것이 아니다.

이제 제2연에서 시인은 현재의 '나'와 '당신'의 관계를 말한다. "그 어떤 / 손길로도 이제 / 짓이기지 못〔한〕다"는 말은 과거의 일을 되돌릴 수 없음을 암시하는 것이기도 하지만, '당신'의 기억 속에 자리 잡고 있는 '나'는 결코 무화無化될 수 없음을 암시하는 것이기도 하다. 다시 말해, 그 어떤 외적 요인이 개입하더라도 '당신'은 이제 '당신'의 마음속에 존재하는 '나'를 지울 수 없다. 그리고 '당신'이 '나'를 지울 수 없는 한 '나'는 비록 현실적·물리적으로 존재하지 않게 되더라도 그 의미를 결코 잃지 않는 영원한 존재로 남을 수 있다. 어떤 의미에서 보면, 진정한 의미에서의 사랑이란 바로 그런 것이다. 현실적 존재 여부와 관계없이 누군가의 마음 속에 영원한 존재로 남는 것-그것이 바로 사랑인 것이다.

대상의 존재 양식에 대한 성찰은 제10번의 시에서도 확인되는데, 여기에 이르러 우리는 비로소 '당신'이 '디르사'임을 확인하게 된다.

뒤를 돌아보아도 보이지 않을 그곳에

디르사는 있습니다
멀리 가지 못합니다

갔다가 되돌아와서
그 자리에 섭니다

앞서 검토한 제1번 시의 경우 시적 진술의 초점이 '나'가 아닌 '당신'에게 맞춰져 있다면, 위의 제10번 시에서는 그 초점이 '당신'-즉, 디르사-이 아닌 '나'에게 맞춰져 있다고 할 수 있다. 시조의 초장에 해당하는 제1연에서 뒤를 돌아보거

나 보이지 않음을 확인하는 존재는 '나'다. 말하자면, 제1번 시에서 '보는 자'는 '당신'이지만 제10번 시에서 '보는 자'는 '나'다. 제10번 시에서 '나'는 눈을 들어 "뒤를 돌아보아도" 내 눈에 디르사는 보이지 않는다. 어떤 의미에서 보면, 현실적·물리적 감각 영역의 바깥에 존재하는 대상이 디르사이기 때문일 수 있다. 만일 누군가를 사랑한다면, 사랑하는 그가 비록 눈에 보이지 않는다 해서 존재하지 않는다 할 수 있겠는가. '나'의 마음속에 자리 잡고 있는 이상, 적어도 '나'에게 디르사는 실존하는 그 무엇이 아닐 수 없다. 이 때문인지 몰라도 시인은 시조의 중장에 해당하는 제2연을 "디르사는 있습니다"라는 단정적 어조의 말로 시작한다. 이와 관련하여, "디르사는 있습니다"라는 언사는 제1연과 연결하여 '보이지 않지만 어딘가에 디르사는 있다'의 의미로 읽히기도 하지만, 따로 떼어 '누가 뭐라 해도 디르사는 있다'로 읽히기도 한다는 점에 유의해야 할 것이다. 그처럼 디르사의 '있음'에 대해 깊은 확신을 갖고 있는 '나'의 마음을 확인케 하는 것이 제2연의 제2행이고, 시조의 종장에 해당하는 제3연이다. 디르사가 "멀리 가지 못〔한〕다"거나 "갔다가 되돌아와서 / 그 자리에 〔선〕다"는 말은 현실적·물리적 거리를 암시하는 진술일 수도 있지만, 이는 동시에 정신적 거리를 의미하는 것일 수도 있다. 정신적으로든 물리적으로든 대상의 '있음'에 대한 깊은 확신이 없다면, 어찌 진정한 의미에서의 사랑이 가능하겠는가.

이상과 같이 두 편의 시를 검토하는 과정에 끊임없이 우리를 괴롭히는 의문이 있다면 이는 바로 도대체 이 시에 등장하는 '디르사'는 누구를 호명하는 이름인가다. 물론 이때의 디르사는 시인이 사랑하는 어떤 여인 또는 사랑을 꿈꾸는 상상 속의 여인을 지시하는 것일 수도 있다. 이 지점에 이르러 우리는 다시 이정환 시인이 이번 시집에 수록한 '후기'를 주목하지 않을 수 없는데, 그 자리에서 시인은 "구원久遠의 여인상을 그려보고자" 했음을 고백하기도 한다. 하지만 '구원의 여인상'이라는 개념은 지극히 추상적인 것일 수 있고, 이 같은 추상성에서 벗어나지 못하는 경우 시 세계는 관념의 유희에서 벗어나기 쉽지 않을 수도 있다. 어찌 보면, 시인이 굳이 구약성서의 「아가」에 기대어 시 창작을 시도했던 것은 바로 이 같은 추상성을 극복하기 위한 것이었을 수도 있다. 그리고 관념의 유희에서 벗어나고자 했을 때 시인이 떠올린 것이 「아가」에 대한 우의적 의미 읽기였을 수도 있다. 결국 우리는 「아가」에 기대어, 또한 「아가」의 우의적 의미 읽기에 맞춰, 이 시에 등장하는 디르사를 인간으로, 남성적 존재인 '나'를 하나님 또는 예수와 같은 신적 존재로 읽고자 하는 유혹을 느낄 수도 있다. 그렇지만 그렇게 읽는 경우 '나'의 정체성이

불투명해진다. 오히려 디르사가 더 신적 존재에 가깝기 때문이다. 이를 명료하게 확인케 하는 예가 제15번 시다.

> 귀하고 귀해서 차마 가질 수 없는
> 그 무언가를 나는 눈물로 받아안고
>
> 온전히 내 것인가요
> 내 것인가요 묻습니다

"귀하고 귀해서 차마 가질 수 없는 / 그 무언가"가 주어졌을 때 이를 "눈물로 받아안고 // 온전히 내 것인가요 / 내 것인가요"라고 묻는 이가 있다면, 이는 결코 우리가 상식적으로 이해하는 신적 존재일 수는 없다. 이는 오히려 신의 은총에 감격하여 어찌할 바를 모르는 인간에 가깝다. 이와 관련하여 또 하나 검토해야 할 작품이 있다면 제35번 시일 것이다.

> 가랑비 속으로 지금 걸어가고 있는 나
> 젖을 대로 젖어서 더 젖을 데 없는 나
>
> 온몸이
> 울음인 것을

울음 기둥인 것을

"젖을 대로 젖어서 더 젖을 데"가 없을 만큼 '나'를 흠뻑
적셔 마침내 '나'의 "온몸"을 "울음 기둥"으로 만드는 "가랑
비"가 지시하는 바는 무엇이겠는가. 이는 다름 아닌 신의 은
총과 같은 것 아닐까. 그리고 이때의 "울음"은 그처럼 "온
몸"을 흠뻑 적셔주는 신의 은총에 감격해하는 인간의 울음
아닐까.

만일 이상과 같은 시 읽기가 설득력을 갖는다면, 우리는
『비가, 디르사에게』에 대한 우리의 우의적 의미 이해에 수정
을 가해야만 할 것이다. 무엇보다도 '나'와 '디르사'의 관계
를 '신과 인간의 관계'가 아니라 '인간과 신의 관계'로 이해
해야 할 것이다. 말하자면, 디르사는 '영원의 여인상'에 빗대
어 신을 호명하고자 하는 시인이 성경에서 찾아낸 이름일 수
있다. 이런 관점에서 본다면, 「아가」의 기본 구조가 이정환
시인의 『비가, 디르사에게』에 이르러 역전되어 있다고 할 수
있다. 그리고 이 같은 역전은 필경 시인의 인간적 겸손함에
서 나온 것인지도 모른다. 또는 감히 「아가」의 솔로몬처럼
신의 위치에 서서 인간에 대한 사랑을 노래할 만큼 자신이
대단한 존재일 수는 없다는 일종의 자기 성찰에 따른 것인지
도 모른다. 다름 아닌 이 같은 마음의 자세가 이정환 시인에

게 신과 인간 사이의 사랑을 노래한 「아가」에 의지하되 「아가」의 비유적 의미 구조를 있는 그대로 따라가지 못하게 했던 것은 아닐까.

하지만 이것으로 문제가 모두 해결되는 것은 아니다. 성경 어디를 들춰보더라도 하나님 또는 예수를 여성의 이미지에 비유해서 묘사한 곳은 없기 때문이다. 신과 인간의 관계를 남성과 여성에 비유해서 표현해야 할 경우, 성경은 예외 없이 '남성으로서의 신'과 '여성으로서의 인간'을 제시하고 있다. 따라서 『비가, 디르사에게』를 여성적인 존재인 '디르사'로 호명되는 신을 향해 바치는 사랑 노래로 보고자 하는 경우 이는 기독교적 교리나 가르침에 위배되는 것일 수 있다. 독실한 기독교 신자인 이정환 시인이 이 점을 의식하지 않았을 리 없다. 그런 관점에서 보면, 「아가」의 우의적 의미 이해에 기대어 『비가, 디르사에게』를 읽는 일은 바람직하지 않은 것이 된다. 결국 이 지점에서 우리는 '디르사'가 지시하는 바는 무엇인가라는 원래의 문제 제기로 되돌아가지 않을 수 없다.

어찌할 것인가. 시인이 추구하는 '영원의 여인상'을 지극히 관념적이고 추상적인 그 무엇으로 남겨둘 것인가. 딜레마에 빠져 있는 우리에게 길을 열어주는 것이 있다면, 이는 시인 자신의 '후기'다. '후기'에서 시인은 이렇게 말한다.

시는 꿈에 본 사닥다리다. 베델에서 돌베개 베고 잠들었다가 야곱이 바라본 사닥다리. 나의 이 살가죽, 이것이 썩은 후에 내가 육체 밖에서 바라볼 영원의 실체.

나의 누이, 나의 신부! 네가 내 마음을 빼앗았구나. 네 눈으로 한 번 보는 것과 네 목의 구슬 한 꿰미로 내 마음을 빼앗았구나. 뺨은 향기로운 꽃밭, 향기로운 풀언덕. 입술은 백합화, 몰약 즙이 뚝뚝 떨어지는……. 네 윤나는 검정 머리카락에 붙들어 매인 나.

시는 술람미 여인이다. 매혹이다. 눈물꽃나비다. 묵묵부답이다. 꿈꾸는 자, 요셉이 떨어져 내린 구덩이다. 먼 이역 땅으로 팔리어 가기 직전의. 그리고 뜻하지 않은 감옥살이……. 도무지 헤어날 것 같지 않던 캄캄한 나락.

위의 인용 가운데 둘째 문단은 구약성서의 「아가」 5장에 대한 자유로운 인용이라 할 수 있는데, 여기에 등장하는 "나의 누이, 나의 신부"는 물론 "디르사처럼 어여"쁜 "술람미 여인"을 지시하는 표현이다. 그런데 시인은 "술람미 여인"을 '시'라 단정하고 있지 않은가. 어디 그뿐이랴. '시'는 "베델에서 돌베개 베고 잠들었다가 야곱이 바라본 사닥다리"이자 "나의 이 살가죽, 이것이 썩은 후에 내가 육체 밖에서 바라볼 영원의 실체"이기도 하며, "매혹"이자 "꿈꾸는 자, 요셉이 떨어져 내린 구덩이"이기도 하다. 그렇다. 시인이 성경에 대한 인유를 통해 말하고자 했던 바는 다름 아닌 '시'인 것이다! 어찌 보면, "노래들 가운데 으뜸의 노래"Song of Songs로 풀이될 수 있는 「아가」 그 자체가 시인에게는 더할 수 없이 매혹적인 여인인 디르사일 것이다. 결국 '나'를 "한 점 별빛"이 되게 하고 "한 점 꽃잎"으로 피어나게 하는 것은 다름 아닌 이번 시집에서 디르사로 의인화된 '시'이고, "보이지 않을 그곳"에 있는 동시에 "멀리 가지 못"하고 "갔다가 되돌아와서 / 그 자리에" 서는 것도 '시'다. 어디 그뿐이랴. "귀하고 귀해서 차마 가질 수 없는 / 그 무언가"도, '나'를 흠뻑 적셔 마침내 '나'의 "온몸"을 "울음 기둥"으로 만드는 "가랑비"도 '시'가 지니고 있는 잠재적 힘―시인의 표현을 빌리자면, "매혹"이라는 이름으로 불릴 수 있는 '시'가 잠재적으로 지닌 힘―일 수 있다.

요컨대, 시에 대한 시인의 사랑이 『비가, 디르사에게』의 중심 주제라 할 수 있다. 이와 같은 이해를 전제로 하여 시집 『비가, 디르사에게』에 수록된 작품들을 읽을 때, 한 편 한 편의 시가 이정환 시인의 표현대로 "빛부심"(제38번 시)으로 환하게 빛난다. 이제 새로워진 눈으로 한 편의 시를 읽기로 하자. 우리가 먼저 읽고자 하는 것은 제17번 시다.

수없이 솟구치는 말들에게 재갈 물려

그저 눈빛으로 타는 눈빛으로만

빛에게 하고 싶은 말들 열어 보였습니다

　우선 이 시의 "빛"이 뜻하는 바는 무엇일까. 이 물음에 대한 답변은 잠시 유보하기로 하고, "수없이 솟구치는 말들"이 뜻하는 바는 무엇일까. 만일 우리가 앞서 언급한 릴케의 시에 기대어 말할 수 있다면, 이는 "갑작스런 노래"의 원재료가 되는 "말들"이라 할 수 있다. 시인은 그런 "말들에게 재갈 물려"야 함을 알고 있는 것이다! 이는 시 창작의 기본 원리에 대한 시인의 이해가 얼마만큼 깊은가를 보여주는 단적인 증거라 하지 않을 수 없다. 디르사─즉, '시'─를 대할 때 우선 "솟구치는 말들"에서 자유로워진 다음 "그저 눈빛으로 타는 눈빛으로만 // 빛에게 하고 싶은 말들 열어 보〔인〕다" 함은 여러 가지 의미로 읽힐 수 있는데, 우선 시와 교감을 하고자 할 때 필요한 것은 '일상의 언어'가 아닌 '언어 이전의 언어'라는 뜻으로 읽을 수도 있다. 또한 시에서 궁극적으로 문제가 되는 것은 '언어 그 자체'가 아니라 '언어를 초월해서 존재하는 시적 상상력 또는 감성'이라는 뜻으로 읽을 수도 있으리라.

어느 쪽 방향으로 이 부분을 읽든, 문제가 되는 것은 앞서 의문을 제기했듯 "빛"이 뜻하는 바가 무엇인가다. 여러 방향에서 유추가 가능하겠지만, 무엇보다도 성경에 나오는 빛의 상징성에 대해 생각해볼 수 있을 것이다. 성경에서 빛은 하나님 또는 예수에 대한 상징이기도 하다. 나아가, 「요한복음」 1장 1절의 "태초에 말씀이 계시니라 이 말씀이 하나님과 함께 계셨으니 이 말씀은 곧 하나님이시니라"라는 구절이 암시하듯, '하나님'과 '하나님의 말씀'은 동일자同一者라는 점에서 볼 때 빛은 곧 하나님의 말씀 또는 로고스를 지시하는 것일 수 있다. 어찌 보면, 인간이 그 어떤 신의 창조물보다 신과 가깝다면, 비록 능력의 면에서 비교해보면 아주 보잘것없는 것이긴 하지만, 신의 로고스에 준하는 것이라 할 수 있는 '언어'를 소유하고 있기 때문일 것이다. 그리고 인간이 소유한 언어의 정수精髓에 해당하는 것을 '시'라 한다면 위의 시에서 말하는 "빛"은 곧 '시'를 지시하는 것일 수 있다. 말하자면, 시인이 디르사로 의인화하고 있는 대상인 '시'가 바로 "빛"일 수 있다.

만일 세계 창조의 근원이자 동인動因인 로고스에 상응하는 것이 인간에게 '시'라 한다면, '시'는 왜 릴케의 말대로 "존재"로서의 "노래"가 되어야 하는가에 대한 설명이 가능해진다. 하나님이 세계를 창조한 것은 무언가를 원하거나 욕망해서 그렇게 한 것이 아니리라. 신의 존재 표시가 곧 세계 창조라는 점에서 그러하다. 구약성서 「창세기」 1장 3절의 "하나님이 가라사대 빛이 있으라 하시매 빛이 있었고"라는 구절 하나만을 보아도 알 수 있듯, '말씀이 곧 현실이고 현실이 곧 말씀'임을 간명하게 웅변적으로 보여주는 것이 바로 구약성서의 「창세기」 앞부분이 아닌가! 바로 그렇기 때문에 시인이 시다운 시─또는 로고스에 가까이 다가가 있다 할 수 있을 만큼 지고至高의 경지를 열어 보이는 시─에 이르고자 할 때 그에게 요구되는 것이 바로 릴케가 말한 "아무것도 바라지 않는 〔신의〕 숨결"이다. 요컨대, 최고의 시적 경지란 무언가를 성취하려는 자아의 의지와 욕망을 초월하여 존재하는 '초超자아' 또는 '무아'의 경지일 수 있다. 이정환 시인의 "빛"과 마주하여 또는 "빛"에 의지하여 이르고자 하는 것이 바로 이 같은 초자아 또는 무아의 경지임을 암시하는 작품이 있다면 이는 제22번 시다.

빛의 숨결 소리에 내 몸 녹아버릴까
그 불길 속에 내 마음 다 타버릴까

이따금 나를 봅니다

내가 잘 보이는지요

진정한 의미에서의 시적 경지-즉, "존재"로서의 "노래" 또는 "아무것도 바라지 않는 〔신의〕 숨결"로서의 "노래"-에 이르게 되면, 욕망도 무화하고 결국 '나'라는 자아 자체도 무화하게 마련일 것이다. 다시 말해, '나'는 존재하면서 동시에 존재하지 않는 경지가 궁극의 시적 경지일 수 있다. 시인의 표현을 빌리자면, "내 몸 녹아버"리고 "내 마음 다 타버"리는 경지, 또는 나를 보더라도 내가 보이지 않는 경지가 이에 해당한다.

하지만 시인은 "내가 잘 보이는지"를 확인하기 위해 "이따금 나를 〔본〕다". 이 말이 뜻하는 바는 무엇인가. 이는 우선 "내 몸 녹아버릴까" 또는 "내 마음 다 타버릴까"를 염려하는 시인의 마음을 암시하는 것으로 읽히기도 한다. 만일 시인이 지니고 있는 것이 이 같은 염려의 마음이라면, 궁극의 시적 경지에 이르고자 하나 그와 동시에 인간으로서의 자기 존재에 대한 애착을 버리지 못하는 존재가 바로 시인이라는 추론도 가능해진다. 어찌 보면, 자신에 대해 끝까지 애착을 버리지 못하는 존재 또는 자의식에서 결코 벗어나지 못하는 존재가 다름 아닌 시인을 포함한 모든 인간일 수 있다. 이런 관점에서 보면 인간적인, 너무나도 인간적인 인간-말하자면, 너무나도 허약한 인간-으로서의 시인의 모습을 보여주는 것이 제22번 시라 할 수 있다. 하지만 논의를 단순화하여 "이따금 나를 〔본〕다"는 말은 허약한 인간으로서의 시인의 마음을 드러내는 것일 뿐만 아니라 자신이 궁극의 시적 경지에 도달하지 못했음을 안타까워하고 이를 "이따금" 의식하는 시인의 자의식을 암시하는 것으로 읽을 수도 있다. 말할 것도 없이, 이 같은 자의식에도 불구하고 시인은 어떻게 하는 것이 궁극의 시적 경지에 이르는 길인지를 모르는 것이 아니다. 그리고 이를 보여주는 것이 제40번 시다.

닿고 싶다, 닿고 싶다 소리치지 않습니다

마음은 뉘 몰래
전해지고 있으니

꽃 피는 자리를 찾아 지켜 설 뿐입니다

"닿고 싶다, 닿고 싶다 소리치지 않"는 것-그것이 바로 디르사로 의인화된 시에 이르는 길인지도 모른다. 그리고 "뉘 몰래 / 전해지"는 "마음"이 있음을 의식하되, "꽃 피는 자리를 찾아 지켜 설 뿐"이를 전하기 위해 소리치며 요란을

떨지 않는 것-그것 역시 궁극의 시에 이르는 길이리라.

　이정환 시인이 말하는 "빛"은 하나님 또는 예수 또는 로고스로 상징되는 성경의 빛과 다른 것이 아님을 우리는 제70번 시에서도 확인할 수 있는데, "빛"이 "천애"天涯-풀어 말하자면, 하늘 끝-로 "누군가"를 인도하기도 하고 "심연"深淵-말하자면, 세계의 본질-으로 "누군가"를 인도하기도 한다는 점에서 그러하다.

　　누군가는 빛에게서 천애를 보았습니다
　　누군가는 빛에게서 심연을 보았습니다

　　심연의
　　심연에 묻힌
　　고운 어둠을 보았습니다

　문제는 "심연의/ 심연에 묻힌 / 고운 어둠"이 뜻하는 바가 무엇인가일 것이다. 앞서 말한 바와 같이 빛이 신 또는 로고스를 상징하는 것이라면, 어둠은 결코 신 또는 로고스와 연결되기 어려운 개념이라는 점에서 이 같은 문제 제기를 하지 않을 수 없다. 여기에서 우리는 기독교적 의미에서의 신은 선과 악 또는 빛과 어둠과 같은 이분법적 논리를 초월하여 존재하는 절대자임에 유념하지 않을 수 없다. 다시 말해, 신은 우리에게 빛과 같은 존재이지만, 빛 이전의 어둠−세계의 근원으로서의 어둠−을 관장하는 이도 신인 것이다. 이처럼 빛과 어둠을 동시에 관장하는 이가 곧 신이라 할 수 있다. 어떤 의미에서 보면, 어둠은 신이 인간에게 만들어준 '그늘'일 수도 있다. 그런 관점에서 본다면, 시인이 "빛"을 통해 "고운 어둠"을 본다는 논리나 다음의 제60번 시에서 말하듯 "어둠"은 "생의 근원"이라는 논리는 결코 종교적으로나 시적으로 무리한 것이라 할 수 없다.

밤은
모든 것이
하나임을 말합니다

어둠이 어느덧 생의 근원임을

젖거나
물들지 않는
검은 못물임을 말합니다

"모든 것이 / 하나임"을 말하는 동시에 "어둠이 어느덧 생

의 근원임"을 말해주는 "밤"에 대한 시인의 탐구에서 우리
는 생명의 근원을 탐구하는 시인의 모습을 읽을 수도 있으리
라. 어찌 보면, "젖거나 / 물들지 않는 / 검은 못물"은 생명의
절대적 근원을 암시하는 것으로, 여기에서 우리는 빛과 어둠
을 동시에 아우를 만큼 전능한 신의 비밀에 대한 시인의 경
외감을 읽을 수도 있지만 이와 동시에 시를 통해 그 비밀에
가닿고자 하는 시인의 열망을 읽을 수도 있을 것이다. 정녕
코 이정환 시인이게 시란 종교적 경건성을 지닌 채 다가가야
할 그 무엇, 너무도 매혹적인 사랑의 대상이기도 하지만 그
와 동시에 "요셉이 떨어져 내린 구덩이"나 그가 겪는 "뜻하
지 않은 감옥살이" 또는 "도무지 헤어날 것 같지 않던 캄캄
한 나락"과 같은 존재이기도 하다. 요셉이 어둠을 거치며 하
나님의 뜻을 깨닫듯, 그리고 밤이 깊으면 깊을수록 별이 더
잘 보이듯, 시인도 어둠을 통해 지혜를 얻는 자일 수 있다.
이정환 시인의 "어둠"에 대한 탐구는 이런 맥락에서 그 의미
를 갖는 것이리라.

3

이제 왜 이정환 시인이 이번 시집에 "비가"라는 표현을
사용했는가를 검토하는 것으로 그의 시에 대한 우리의 독해

를 마치기로 하자. 이 자리에서 우리는 다시 기독교에서 말하는 신과 인간 사이의 관계를 문제 삼을 수 있는데, 어떤 의미에서 보면 인간이 신에게 다가가 신과 하나가 되었다고 말하는 것 자체가 오만한 자의 헛된 자기과시일 수 있다. 또는 미혹된 자의 자기도취일 수 있다. 신과 하나가 되고자 하나 그러기에는 자신이 너무 부족함을 끊임없이 깨닫는 것— 그것이 참된 종교인의 자세가 아닐까. 신을 너무도 사랑하고 경외하는 인간이 그러하듯, 시를 너무도 사랑하고 경외하는 시인이라면 결코 시와 하나가 되었음을 쉽게 장담할 수는 없다. 아니, 끊임없이 시에 대한 사랑에도 불구하고 시에 가까이 다가갈 수 없을 만큼 자신이 초라하다는 것에 고통스러워하고 번민해야 한다. 앞서 검토한 제22번 시가 암시하듯, 시인은 끊임없이 자의식에 시달리는 인간, 너무나도 인간적인 허약한 인간이다. 디르사로 의인화된 시 앞에서 시인이 느끼는 감정은 당연히 고통과 번뇌가 아닐 수 없다. 사정이 그러하다면, 그의 노래가 어찌 "비가"가 아닌 다른 무엇이 될 수 있겠는가. 아니, "비가"일 수밖에 없다.

하지만 신을 사랑하고 경외하는 인간이 때때로 그러하듯 이정환 시인의 시 세계에서는 시를 사랑하고 경외하는 시인이 시를 향해 또는 시로 인해 때때로 느끼는 환희의 순간을 읽을 수도 있다. 어느 순간 신을 사랑하나 다가가지 못해 안타까워하는 처량한 모습의 인간에게 신이 다가와 그 품 안에 안아주는 듯한 황홀한 순간을 인간이 경험하듯, 시인도 시가 자신에게 다가와 품 안에 안아주는 듯한 황홀한 순간을 경험하게 마련이기 때문이다. 오래전 이정환 시인이 발표한 또 한 편의 빼어난 단시조「에워쌌으니」는 바로 그와 같은 황홀한 순간이 어떤 것인지를 생생하게 보여준다.

    에워쌌으니 아아 그대 나를 에워쌌으니 향기로워라 온
  세상 에워싸고 에워쌌으니 온 누리 향기로워라 나 그대
  에워쌌으니
    —「에워쌌으니」전문

  위의 시 자체가 솔로몬의「아가」를 연상케 할 만큼 아름답고 몽환적이지 않은가. '나'가 '그대'를 에워싸고 '그대'가 '나'를 에워쌌으니, '나'와 '그대'는 '둘'이면서 동시에 '하나' 아닌가. 이 오묘한 경지는 기독교인으로서의 인간 이정환이 추구하고 체험하고자 하는 바일 뿐만 아니라 시인으로서의 인간 이정환이 추구하고자 하는 환희의 순간이리라. 진실로 '둘이면서 동시에 하나인 경지'는 인간이 인간에 대해, 세계와 자연에 대해, 우주에 대해, 그리고 무엇보다도 신실한 기독교인이라면 하나님과 예수에 대해, 시인이라면 시에 대해 추구하는 그 무엇이다. 요컨대, 이정환 시인에게 이는 그가 체험하고자 하는 최고의 종교적, 시적 경지다. 최소한의 행 나누기조차 거부한 채 한달음에 끝을 향해 물 흐르듯 유장하 게 이어지는 이 시의 시어에서 우리는 신 또는 사랑하는 여 인 '디르사'로 의인화된 시와 '하나'가 되고자 하는 시인의 염원이 마침내 이루어졌을 때 그가 느낄 법도 한 매혹과 황 홀을 감지하지 않을 수 없다.

한달음에 끝을 향해 치닫는 「에워쌌으니」와 같은 시는 결 코 릴케가 경고한 "갑작스런 노래"가 아니다. 비록 '갑작스 런 노래'처럼 보이도록 함으로써 시인이 느낄 법한 황홀과 매혹을 강렬하게 전하고 있긴 하지만, 이는 더할 수 없이 철 저하게 통제되고 계산된 시인의 자기표현이다. 하지만 「에워 쌌으니」가 "아무것도 바라지 않는 〔신의〕 숨결"로서의 "노 래"의 경지에 이른 시라 할 수 있을까. 아마도 그런 노래는 신만이 가능한 것인지도 모르고, 인간은 다만 이를 꿈꿀 수 있을 뿐인지도 모른다. 이를 너무도 잘 알고 있기에 시인 이 정환은 "디르사에게" 바치는 그의 노래들을 "비가"로 명명 했는지도 모른다. 이제 독자들에게 청하노니, 이정환 시인의 『비가, 디르사에게』가 담고 있는 아름다운 시 세계로 들어가 서 시인이 때로 느끼는 환희와 때로 느끼는 안타까움, 그리 고 줄곧 시인의 마음을 옅게 드리우고 있는 슬픔을 함께 나

누길! '하나 됨'을 위해 지난한 여행길을 걷고 있는 순례자와
도 같이 시 창작의 길을 걷고 있는 시인의 모습에 따뜻한 성
원을 보내길!

비가, 디르사에게 1

한 점 별빛으로 당신 눈 안에 들어가서
한 점 꽃잎으로 당신 눈 속에 피어나서

그 어떤
손길로도 이제
짓이기지 못합니다

비가, 디르사에게 2

햇살이 눈부시다는 것 비로소 알았습니다
꽃이 피었다는 것 이제야 알았습니다
세상이 조금씩 조금씩 보이기 시작합니다

비가, 디르사에게 3

한시도 빛에게서 자유롭지 못합니다

그것이 나의 행복
아픔인 까닭입니다

꽃잎이
시드는 때를
부리로 짓찧는 새

비가, 디르사에게 4

왜 내게는 이다지도 슬픔뿐인가요

울먹이며 울먹이며 빛에게 묻던 밤

내 두 뺨 어루만지며
눈물 받아먹던 이여

비가, 디르사에게 5

가슴이 콱 막혀서 아무것도 쓰지 못해도

빛의 그림자로 살아갈 수 있으니

더없이 기쁜 일인 것을, 부신 저 봄 뜨락

비가, 디르사에게 6

돌아오지 않는 편지
돌아오지 않는 美笛

누군가 어깨를 툭 치는 그 순간

일시에
허물어져 버린
분홍 저고리, 다홍치마

비가, 디르사에게 7

세상에 눈이 먼 이들로 가득 차야
세상에 귀먹은 이들로 가득 차야

당신과 두 손 맞잡고
저 햇빛 길 걷겠지요

비가, 디르사에게 8

그 길 돌아오면서 소스라쳤다는 빛이여
목까지 차올라 통증처럼 밀려왔던
그것은 전율이었지요, 심장 빠개젖힐 듯

비가, 디르사에게 9

뼈마디 다 녹아 그 형체 허물어져야

끝인가요, 가시밭길
끝인가요, 눈부신 길

눈뜨면 아직도 새벽 우련히 먼 그림자

비가, 디르사에게 10

뒤를 돌아보아도 보이지 않을 그곳에

디르사는 있습니다
멀리 가지 못합니다

갔다가 되돌아와서
그 자리에 섭니다

비가, 디르사에게 11

잔인하도록 그리운 무언가를 내리누르려

세레나데를 듣습니다
저물녘 비 듣는 창가

이토록
무거운 것들
내게 안겨주신 당신

비가, 디르사에게 12

가진 게 없어서 곁에 설 수 없습니다
나란히 같은 길 걸어갈 수 없습니다

그러나 나는 빛에게
마지막 슬픔입니다

비가, 디르사에게 13

감당할 만한 고통만
내게 안겨주세요

날 가엾다 말아요
그 밖에는 모릅니다

잘 자라
그 한마디가
뼛속 깊이 박히는 밤

비가, 디르사에게 14

한시도 내 곁을 떠나지 않는 꽃가지
도무지 알 길 없는 꽃자리 마음자리

다 젖힌
내 안으로 깊이
걸어 들어온 환한 빛

비가, 디르사에게 15

귀하고 귀해서 차마 가질 수 없는
그 무언가를 나는 눈물로 받아안고

온전히 내 것인가요
내 것인가요 묻습니다

비가, 디르사에게 16

며칠 물도 아니 먹고 바짝바짝 타들어가서

약한 불씨에 닿아도 곧장 불타버릴

그처럼 처절한 산비탈 불길 휘몰아칩니다

비가, 디르사에게 17

수없이 솟구치는 말들에게 재갈 물려

그저 눈빛으로 타는 눈빛으로만

빛에게 하고 싶은 말들 열어 보였습니다

비가, 디르사에게 18

아무것도 아니라는 생각이 들어서
아무것도 아닐 수가 없다고 도리질하며

꿈같은
꿈속의 일을
꿈 바깥에 펼친 밤

비가, 디르사에게 19

왜 이제야 내 앞에 나타났나요, 당신

불현듯 나타나서 온통 들끓게 해놓고

별안간 온데간데없이 사라지곤 하나요

비가, 디르사에게 20

모든 것이 무너지고 무너져 내린 후에
걸어도 걸어가도 끝없이 이어지는 길

그 길 끝 함께 나란한
소실점이고 싶습니다

비가, 디르사에게 21

마주하면 어지러워 차마 말할 수 없어
얼마나 간절히 마음속으로만 불렀는지

까맣게
타들어간 목젖
그 길 내려섭니다

비가, 디르사에게 22

빛의 숨결 소리에 내 몸 녹아버릴까
그 불길 속에 내 마음 다 타버릴까

이따금 나를 봅니다
내가 잘 보이는지요

비가, 디르사에게 23

그날 모든 것이 정지하기를 바랐습니다

좁은 돌계단에서 몸이 하나 되었을 때

모든 것 그대로 멈춰 굳어지기 바랐습니다

비가, 디르사에게 24

디르사는 압니다, 눈물꽃나비 아니란 걸

꽃나비 눈물꽃나비
꽃나비 눈물꽃나비

나직이
불러준 이여
천지가 다 환했습니다

비가, 디르사에게 25

그날을 되새기며 아파하리라 아파하리라

한나절을 둘러본 길 아파하리라 아파하리라

아스란 그 벼랑길 끝 아파하리라 아파하리라

비가, 디르사에게 26

빛이 내게로 왔을 때 심장은 곧 멎었고
모든 사물의 숨결마저 정지해버려

연푸른
중천에 가득
날아오르던 흰나비 떼

비가, 디르사에게 27

모든 것 내려놓았지요, 한 사람을 얻으려고

그러나 가질 수도
얻을 수도 없었으니

벽 앞에 눈먼 내 영혼 얼어붙고 있습니다

비가, 디르사에게 28

그리움으로 내 속은 남김없이 차버려서

숨조차 쉴 수 없는 밤이 찾아왔습니다

지치고 지쳐버려서 끝이 보이지 않습니다

비가, 디르사에게 29

내 몸에서 빛이 다 빠져나가 버려
가엾은 영혼마저 데리고 가버려서

내 몸은 이제 영원히
말라버렸습니다

비가, 디르사에게 30

내가 없는 빛은 어떤 바람으로 살까요

새처럼 가벼운 몸
빛의 등에 업혀서

끔찍해
소스라칩니다
나 없는 당신의 날

비가, 디르사에게 31

밑도 끝도 없는 블랙홀 같은 그리움

온몸이 부서져도 놓칠 수 없는 옷자락

뉘일까
대체 뉘일까요
물음은 끝이 없습니다

비가, 디르사에게 32

오랜 시간 이대로만 고이 지켜달라고

빛에게 힘이 될 그 어떤 것도 없는 나

간절히
울부짖습니다
꽃가지를 꺾습니다

비가, 디르사에게 33

안개 자우룩하니
이슬비 오는 한때

창은 막혀 아득하고 젖어 빈 우편함

저녁엔
아무런 말도
아무런 말도 못 합니다

비가, 디르사에게 34

지울 수 없습니다, 더는 지울 수가 없습니다

산비탈 저물녘을
저 강물 굽이침을

한순간
돌아선 웃음
그 환한 달빛 여울

비가, 디르사에게 35

가랑비 속으로 지금 걸어가고 있는 나
젖을 대로 젖어서 더 젖을 데 없는 나

온몸이
울음인 것을
울음 기둥인 것을

비가, 디르사에게 36

잠을 두드리면 쏟아져 내리는 꽃잎들
어둠을 두드리면 부서지는 빛살들

미친 듯
내리칩니다
북채가 내 살가죽을

비가, 디르사에게 37

놓치고 싶지 않은 줄이 일찍이 있었습니다
끝까지 좇고만 싶은 강줄기가 있었습니다

자목련
그늘의 밤이
요동치던 먼 봄날

비가, 디르사에게 38

그래, 그것은 어둠
그래, 그것은 절벽

내려다보는 것은 정녕 올려다보기 위한 것

동아줄
흔들리는 허공
저리 빛부심이여

비가, 디르사에게 39

바람의 몫입니다, 밤이슬 지우는 일
시간의 몫입니다, 고이 주름 잡힐 일

꽃그늘
환한 밤이면
그렁그렁한 내 눈물

비가, 디르사에게 40

닿고 싶다, 닿고 싶다 소리치지 않습니다

마음은 뉘 몰래
전해지고 있으니

꽃 피는 자리를 찾아 지켜 설 뿐입니다

비가, 디르사에게 41

주름 잡힌
울음입니다

열두 겹
먼 산자락

빛의 앞섶 자락으로 몰려오는 청매 향

산자락
끌어당겨서

꽃울음입니다
저 저녁놀

비가, 디르사에게 42

같이 있어요
저물도록
밤 이슥도록 요요히

휘감긴 채로 그냥 떨어지지 말아요, 영영

신새벽
찬물 한 그릇
그 앞에 무릎 꿇어요

비가, 디르사에게 43

아주 먼 데서 내처 찾아온 이 있어
온몸으로 얼싸안고 울었지요, 애저녁

불붙어
일체가 되는

순간의
오, 저 불립문자!

비가, 디르사에게 44

아무것도 달라진 것 없고 밝혀진 것 없습니다

빛의 물음에 대해 다만 불확실한 대답뿐

왜 거기 서 있는지를 이젠 묻지 않습니다

비가, 디르사에게 45

멀리 있지 않아 더욱 그리운 것입니다
멀리 떨어져 있어 늘 그리운 것입니다

바람에
지는 꽃잎은
혼자 받는 것입니다

비가, 디르사에게 46

묵묵부답
묵묵부답

볕살 속에
별빛 속에

묵묵부답의 한낮
묵묵부답의 한밤

꽃 피고
새 우짖는 것에

답하지를
못합니다

비가, 디르사에게 47

헬 수 없는 별들에게 이름 붙여주는 일
만나지 못한 이들의 눈빛을 떠올리는 일

저녁은
다시금 와서
못물 출렁입니다

비가, 디르사에게 48

어둠의
알갱이들이
마구 볼을 비빌 때

저문 숲 바라보며 홀로 흐느낍니다

흐려서
아득한 꿈길
함께 닿고 싶은 저녁

비가, 디르사에게 49

참 많이도 미워했고
참 많이도 쓸쓸했던

늦은 봄 저물녘이 꽃잎으로 뒤덮일 때

남겨진
일기장 끝 쪽
얼룩으로 남은 눈물

비가, 디르사에게 50

빛 없이는 온 누리에 밤은 오지 않습니다

애오라지 서나서나 내려오는 산그늘

겹겹이 접고 또 접어 비취금을 얻습니다

비가, 디르사에게 51

내리막길보다 먼저 달려 내려가던
오르막길보다 먼저 달려 올라가던

그 봄날
꽃숭어리여
온 산천을 물들이던

비가, 디르사에게 52

아무것도 남기지 않아야 합니다

그림자마저 홀연히 다 사르고 나서

천지에 흩뿌려져야

흩날려야만 합니다

비가, 디르사에게 53

나의 완전한 자
남녘 산에 있고

빛은 동북편 하늘 바라보고 섰습니다

떨어져
그리는 일의
사뭇 다함 없음이여

비가, 디르사에게 54

꽃가슴에 파묻혀 나 이제 잠듭니다

깊은 잠에 듭니다
어룽지는 물빛 밭

봄꽃 다
흩뿌려지도록
깨어나지 못할 잠

비가, 디르사에게 55

뛰어넘을 수 없는 잿빛 경계 앞에 아득한 날

어쩌지 못할 저물녘 물결 앞에 아득한 날

한순간 안으로 쳐들어온 적설 앞에 아득한 날

비가, 디르사에게 56

난해하고 난해하고
난해하고 난해하고

내 앞에 빛이 서 있는 것 난해하고 난해하고

얽히고
뒤얽힌 매듭 앞에
난해하고 난해하고

비가, 디르사에게 57

끝 간 데를 모르니 온 곳 갈 곳을 모릅니다

무슨 일이 있었나요
꽃 피고 꽃 지는 사이

만개한 꽃 그림자가 여태 붉어지지 않는데

비가, 디르사에게 58

각시봉 자락이여, 죽어 묻히고 싶은

산과 한몸 되어
강과 한어둠 되어

누워서 듣는 바람 소리여
차디찬 물소리여

비가, 디르사에게 59

곧장 기막힐 듯한 일체의 숨결 소리
무쇠를 녹일 듯한 한 호흡 한 불길

나는 다
꿰고 있느니
별빛 쏟아지던 밤

비가, 디르사에게 60

밤은
모든 것이
하나임을 말합니다

어둠이 어느덧 생의 근원임을

젖거나
물들지 않는
검은 못물임을 말합니다

비가, 디르사에게 61

묵묵부답 앞에 숨 막히는 저물녘
명치끝 짓누르는 통증 같은 저물녘

나 지금
그 빛 속으로
허물어져 내립니다

비가, 디르사에게 62

꽃을 삼켜서 꽃의 영혼이고자 했지요
어둠을 뱉어서 빛의 영혼이고자 했지요

極光의
왈츠이고자 했지요
오로라 저 오로라

비가, 디르사에게 63

봄밤의 어둠은 한결 두터워져서

꽃은 밤새 편안한 잠에 듭니다

어둠을
뜯거나 찢을
어떤 손도 없는 밤

비가, 디르사에게 64

골짜기의 백합화
못물 곁의 수선화

뺨은 향기로운 꽃밭
싱그러운 풀언덕

내 뼈와 내 살 속 깊이 불타는 玉碎여

비가, 디르사에게 65

천지에 꽃이니
이제
우리 꽃필 차례

겨울 물러가 물소리 잦으니

우리가
꽃을 피워서
천지에 답할 때

비가, 디르사에게 66

비롯됨을 위하여 산길은 굽이돌고
물길은 다시 열려 여울을 이룹니다

꽃 속에
파묻혔나니,
그리고 그리던 일

비가, 디르사에게 67

어둠 속으로 일순 사라진 그림자

꽃비가 내리자 꽃병 깊어졌습니다

횅하니
멀어진 자리
바람 홀로 달렸습니다

비가, 디르사에게 68

사뭇 꽃병 들어
온몸 붉어진 저녁

당신을 부르며 꽃길 달려갑니다

꽃잎에 나를 앉히자
못물 붉게
떨립니다

비가, 디르사에게 69

내게로 왔습니다
곧 허물어질 성벽

져도, 져도 끝없이 쏟아져 내리는 꽃잎들

그처럼
내게로 왔습니다
끝이 비롯됨인 것처럼

비가, 디르사에게 70

누군가는 빛에게서 천애를 보았습니다
누군가는 빛에게서 심연을 보았습니다

심연의
심연에 묻힌
고운 어둠을 보았습니다

비가, 디르사에게 71

나의 말은 이제
하늘에 씌어 있고

빛은 침묵함으로써 나를 온전히 얻습니다

일체의
바람 앞세워
문 앞에 서던 그날

비가, 디르사에게 72

감감한 시간은 사뭇 숨 막히게 합니다

부옇게 흐린 눈앞
조여오는 목덜미

다가온 당신 눈빛을 알아차리지 못합니다

비가, 디르사에게 73

다시금 비 오고
바람
차디찹니다

몹시 겨운 이여
이 혼돈과
광란의 세상

힘겹게 영위해가는
눈멀어
눈뜬 이여

비가, 디르사에게 74

눈 덮인 남녘 기슭 아득한 벼랑 끝
직벽으로 오르고 직벽으로 내려온

죽음이 눈앞이었던
부신 빛의 끝이었던

비가, 디르사에게 75

외발로만 딛고 가는 가파른 비탈길

미끄러지면 나락
깜깜한 저 끝자락

죽어서
다시금 만나
꽃 꺾어 바칠 당신

비가, 디르사에게 76

내 목의 구슬꿰미, 내 눈의 이슬방울

다 가지신 빛이여
다 품은 못물이여

마침내 그 품속에서 숨결 잦아듭니다

묵묵부답에게

1

시는 꿈에 본 사닥다리다. 베델에서 돌베개 베고 잠들었
다가 야곱이 바라본 사닥다리. 나의 이 살가죽, 이것이 썩
은 후에 내가 육체 밖에서 바라볼 영원의 실체.

나의 누이, 나의 신부! 네가 내 마음을 빼앗았구나. 네
눈으로 한 번 보는 것과 네 목의 구슬 한 꿰미로 내 마음을
빼앗았구나. 뺨은 향기로운 꽃밭, 향기로운 풀언덕. 입술은
백합화, 몰약 즙이 뚝뚝 떨어지는……. 네 윤나는 검정 머
리카락에 붙들어 매인 나.

시는 술람미 여인이다. 매혹이다. 눈물꽃나비다. 묵묵부
답이다. 꿈꾸는 자, 요셉이 떨어져 내린 구덩이다. 먼 이역
땅으로 팔리어 가기 직전의. 그리고 뜻하지 않은 감옥살이
……. 도무지 헤어날 것 같지 않던 캄캄한 나락.

2

너는 슬로브핫의 딸, 솔로몬이 어여삐 여긴 이상향. 어느 날 내 꿈속으로 스미어 들어온 나도 향. 내 영혼이 빚은 또하나의 나. 그 경계를 헤아릴 길 없는 구름밭, 구름결, 보랏빛 구름의 말. 레바논의 백향목, 표범산의 이슬, 별과 꽃의 형용을 넘어 영원의 문살에 얼비쳐 오는 영혼의 실루엣. 묻고 또 묻다가 곧장 울음이 되는 먼먼 물소리.

3

이제 더는 버릴 것이 없도다. 더 가지지 않아도 좋을 넉넉함이여. 이젠 더는 버릴 것이 없도다. 아로새겨져서 슬픈, 아로새겨져서 눈부신 상흔, 갈맷빛 치유. 네 눈망울에 가득한 헤르몬 산의 이슬과도 같도다.

행복과 슬픔의 면사포. 네 쪽 찐 머리에 얹힌 족두리꽃은 시방 흔들리나니, 어찌하여 너는 눈물 머금은 채로 웃고 있는가. 달빛 내리는 뒤란에서 별밭 홀로 우러르고 섰는가.

4

우리는 바람의 몫이었고 구름의 몫이었다. 고이 주름 잡힐 시간의 몫이었다. 가없는 너의 실루엣은 하늘에 새겨져 있어 흐린 날이면 그것이 잘 보인다. 참 잘 보인다.

다소곳이 앉아 내려다보느니, 먼 못물.

5

묵묵부답, 묵묵부답. 천 년인들 묵묵부답이 견디지 못하랴. 묵묵부답, 그는 나의 연인, 영원의 연인이다. 나는 그를 생각할 때면 설렌다. 그의 침묵을 사랑한다. 그의 얼굴 없음을 어여삐 여긴다. 묵묵부답, 그는 나의 삶을 영위하게 하는 부단한 힘, 눈부신 원동력이다.

6

어느 날 저물녘 솔로몬의 「雅歌」에서 마침내 디르사, 너를 찾았다. 너는 그곳에 숨어 있었다. 너는 내가 일생을 두고 찾고자 했던, 만나고자 했던 이상향. 꿈에도 그리던 엔게디 포도원의 고벨화 송이, 양 떼, 포도원, 게달의 장막, 향기름, 포도주, 입맞춤, 발자취, 어여쁜 자, 머리털, 목, 구슬꿰미, 금사슬, 나도기름 향기, 몰약 향주머니, 백향목 들보, 잣나무 서까래, 사론의 수선화, 골짜기의 백합화, 처녀, 수풀, 두 뺨, 햇볕, 솔로몬의 휘장, 파라오 왕 병거의 준마였다.

그리고 늘 다함 없는 묵묵부답이었다.

7

숙람미, 베아트리체 포르티나리와 더불어 디르사, 너를 생각한다. 나는 이번 연작 시편 「비가, 디르사에게」를 쓰면서 久遠의 여인상을 그려보고자 하였다. 턱없이 짧은 붓 앞에 절망의 그림자가 오랫동안 어른거렸지만, 흡사 신기루와 같은 우주 미인 디르사의 리얼리티를 끝내 몰아내지는 못하였다.

8

그리하여, 이 시편들을 묵묵부답의 앞섶 자락에 바친다.

비가, 디르사에게

—

초판 1쇄 2011년 7월 12일
지은이 이정환
펴낸이 김영재
펴낸곳 책만드는집

주소 서울 마포구 합정동 428-49번지 4층 (121-887)
전화 3142-1585·6
팩스 336-8908
전자우편 chaekjip@naver.com
출판등록 1994년 1월 13일 제10-927호
ⓒ 이정환, 2011

* 이 책의 전부 또는 일부 내용을 재사용하려면 사전에 저작권자와
  책만드는집의 동의를 받아야 합니다.
* 잘못 만들어진 책은 구입하신 서점에서 교환해드립니다.

ISBN 978-89-7944-367-7 (04810)
ISBN 978-89-7944-354-7 (세트)